大地书

唐丽娟 著

黄河出版传媒集团
阳光出版社

图书在版编目（CIP）数据

大地书 / 唐丽娟著. -- 银川：阳光出版社，
2021.12
ISBN 978-7-5525-6051-0

Ⅰ.①大… Ⅱ.①唐… Ⅲ.①诗集 - 中国 - 当代
Ⅳ.①I227

中国版本图书馆CIP数据核字(2021)第259461号

大地书

唐丽娟 著

责任编辑　申　佳
封面设计　圣立文化
责任印制　岳建宁

黄河出版传媒集团
阳 光 出 版 社　出版发行

出 版 人　薛文斌
地　　址　宁夏银川市北京东路139号出版大厦（750001）
网　　址　http://www.ygchbs.com
网上书店　http://shop129132959.taobao.com
电子信箱　yangguangchubanshe@163.com
邮购电话　0951-5014139
经　　销　全国新华书店
印刷装订　四川立杨彩色印务有限公司
印刷委托书号　（宁）0022457

开　　本　710 mm×1000 mm　1/16
印　　张　9.5
字　　数　120千字
版　　次　2021年12月第1版
印　　次　2022年1月第1次印刷
书　　号　ISBN 978-7-5525-6051-0
定　　价　58.00元

目　录

CONTENTS

第一辑　　依依墟里烟

第二辑　行行无别语

第三辑　岁月如沉香

第四辑　渐远复还生

风吹浅滩上觅食的鸭群

村庄，在东河里流淌

从鹅卵石里长出孱弱的诗行

一只白色水鸟掠起

碎成鱼鳞似的阳光，擦过

吊脚屋的门檐，晃悠悠地

飞往岸边的林莽

暮春印象（组诗）

寂静之地

小树林深处，有寂静之地

正好，思考世间的秩序

留意一些，以前不曾留意的事物

比如，路边的紫牡丹举起小拳头

待我俯下身去，就迅速击碎我的心

又比如，水畔的一匹母马

正吐出柔软的舌头，舔去小马眉间的清愁

其实，这些所能触及的美

或者生活的责任

就像远方群山涌出的思念

是另一种抵达

湖心亭

穿过漫野的针叶松、野蔷薇、山竹子

是湖心亭，在那里

我与一株枯木终日对视

那是与我相识十年，二十年

或许还能更多年的胡杨

在他身下，被季节复活的湿地
疯长着菖蒲、艾叶、金鱼草
我试图成为他们中的一员
在季节的生死契约里
与天空的蓝共进退
与陷落的风声共进退

山蔷薇

有人告诉我，要愈合心口的创伤
就不要随便打开寄存尘世的包裹
尤其要避开那些尖锐之物
如今，春风在这里筑起一座城
我就一头栽了进去
我想，包裹之中的
无非是些零落的花瓣吧
一如眼前的山蔷薇
在桃之夭夭里
铺就三千闪电

湖面

多情的月色铺开
夜晚，已不再需要留白
在有凤来仪、犁开丹青的时候
褪去莺歌燕舞的繁华
褪去美而媚骨的香艳

挑去病酒、相思、花间词

这些古典的意象

轻轻扑上一层银粉

然后，坐穿一座青山

旧式宅院

有点凌乱，还有些不知所措

像柚子花的香气，被季节

凝成一枚果子，坠入暮年的光景

在这个满是浮躁的年代

总想抓住点什么

罢了，我承认自己是个矫情的女人

渴望隐居一座旧式宅院

在柚子树的清凉里

工笔牡丹，写意山水，吃新茶

在小狐狸路过的雪夜

风情万种，且具纷纷的美

村庄，在东河里流淌

1

风吹浅滩上觅食的鸭群

村庄，在东河里流淌

从鹅卵石里长出孱弱的诗行

一只白色水鸟掠起

碎成鱼鳞似的阳光，擦过

吊脚屋的门檐，晃悠悠地

飞往岸边的林莽

2

一尾鱼，在屋顶上徜徉

把黑色的瓦片，抛向篱笆

看院子的黄狗打了个趔趄

遗落有关一只小雏鸡的心事

让路过的野猫捡拾了去，捎给苇子

被风几晃，梦就醒了

3

月光在大地上行走
山后的紫竹林日渐丰满了
枝条软软的，牵扯住
一片水云里飘来的霞，湿润了
游子的眼睛，照亮村庄
梦里的疼痛。古老，寂寞

4

一只野兔拨开杂草，翻拣
月亮升起的痕迹，我躺在
它曾躺过的地方，阻拦了一只蚂蚁的去路
却被它当作一株倒下的高粱
用了一整夜的时间，从我的脚尖
爬上我的头顶，寻觅一粒种子的温度

5

噎在喉咙里的，不只是
一块母亲从灶膛取出的红薯，还有
童年的那声呼喊，爬上一缕炊烟
绕过门前的山楂树
飘往广袤的田野，在一片荒芜里
失声痛哭，试图融入泥土

蹚过一片水的方向

1

冒半个头顶的小鱼呷一口阳光，掉转身子
游往一千米外小桥的怀抱。惊扰了一只水鸭
与荇菜调情的游戏。被躲在暗处的紫蚌
瞧见了，用几只小虾赠送的泥沙将它们包裹
嵌入白嫩的肉里，待麻雀从水面掠过
小鱼对天空的膜礼变成了珍珠
被水的手臂淘了去

2

山峦与河流的空口，一只鸟与风纠缠，成
一生的缠绵，不醒。美人摆渡
已随小舟走远，河水还泛着绿
一只蚂蚁溺水，眷念迟暮的夕阳
水纹被低低垂下的柳条议论
被当作触角的抒情，抑或是一尾鱼
搅碎白云的梦境，成为新一轮的风景

3

一株古槐搂住斜阳的光芒，紫竹林
弯曲着青石板路，追寻天边云彩的冥想
路灯不曾点亮，用耳朵等待
唐风里的女子，涉水而来，轻轻地
吟出一个关于夜晚的词汇
淡了星光，瘦了月亮

4

漫过青藤的月光，我读不懂
只能宁静地呼吸水草里的空气
和另一尾鱼翻过几片落花的投影
蹚过一片水的方向，默默念出一句禅语
千年的莲花，只开一次，我便是
你根下的那尾鱼，空空而来，空空而去

采莲女，漾起了一池情殇（组诗）

折回的风

淡淡的绿水，花树流芳
彼岸，笛声悠扬，成句成章
携一篮莲蓬，自一片水云里飘来
浅浅地吟唱，那些消逝的
白色水鸟、乌篷船、芦苇荡

折回的风，在身前垒起苍白的雪浪
你的目光在黛色的夜幕里，慢慢地
消融进一片薄雾，渐渐澄明了一颗
寒夜里的小星

月亮爬上了山野的肩膀，恬适地入眠
留下满世界的寂静
鸦雀的巢穴还在，藏匿了一缕月光
阻隔住一只小飞虫的忧伤
在一个无人知晓的地方
把一曲笙歌晚唱

水草丰盈的地方

夜风睡醒后，手从一株植物里抽离
滑过水面，波光温柔，荡漾
一条河流从采莲女的身体里流出
在水草丰盈的地方，默默地看护
一朵莲花的梦境
亭亭地，在黑夜与白天的距离里
绽放，遗失了一朵
就是遗失了一个夏天

帘旌不动

暗夜，古旧的屋脊倾斜
掩我一身苍茫
一只鸟的影子，掠过酒肆的帘旌
呼唤着四面来风
窗外的月色，氤氲着诗歌的断章
烛火摇曳，星空低悬处的翅膀
在一片碧波上翱翔

酌一缕酒香，乘风而去

无雨的星空是最美的风景
月魂依依，入金樽
轻轻一晃，一阙宋词就碎了

颔首低吟，"红了樱桃，绿了芭蕉"

萧萧瑟瑟的琴音，被一枚青苔抱在怀里

半湾河面，归来的人儿独自徘徊

别一簪月色在髻环

酌一缕酒香，乘风而去

六月的小雨

薄暮冥冥，柳条弯下腰，盈盈地

拨开沉寂的日子，消瘦

一枚跌落水面的叶子

与白云偎依的幻境

青树、翠蔓、游鱼、细石，泊在雨里

情丝脉脉，空负了年华似锦

追逐一只蝴蝶的身影，遭遇

一场六月的小雨，淅淅沥沥，轻柔地

抚摸山野的背脊，淋湿禾苗背后

农家妹子那双失语的眼睛

临水而居，任一川烟雨

在眉间抒情，看见莲花的影子

栖息在梦的睫毛上

开出一朵明媚的光阴

蛙鼓蝉琴

雨水唤醒太阳，阳光一路奔忙
五月的牛皮鼓声搏击土壤
一只冬眠后的青蛙，拼命吸吮
泥土与草木的芬芳
鼓起干瘪的胸膛

蝉声孤独，芦苇欢唱
西部的村庄起航，划着桨
撩拨日子的光芒
母亲用青春与衰老，缝补
河流的目光
隐秘，安详

思乡的鱼群，爬上山顶
喝酒，思考
蠕动迁徙的脊梁
跳进漆黑的树洞
在大地上游荡

一朵花的骨头，撞响
捻花女子的琴弦

诉说红衣少年怀揣的诗行

岁月的琴箱，装不下

一缕炊烟的温度

消逝一片村野的苍茫

我的诗想飞入你的怀里

从土壤里升起来的，是晌午的阳光
与你的姿势相同，在风中张扬
于一个槐花盛开的日子，寻觅
一段消逝的岁月，行走，或者停留
把你的身影，折叠进漫山遍野的新绿

一声声蝉鸣，把沉睡的梦境在山野里鲜活
我看见松树的枝丫，高高举起的
是一个凝结多年的秘密
被一只野鸟啄破，秘密便飞扬飘落

我的诗歌，随着一些飘飘荡荡的风
飞过你身下那条河流
沿着一些被禁锢在木桩上的布条，摇摆不定
终于，一些花朵叛离了春天
把你脸上的胭脂，剥落
掉入尘里，化作泥

以尘埃的方式，拥有一棵树的眷念
在你门前那棵槐树的枝叶上
温情脉脉地，凝望那一片山峦

一年四季，把我的影儿

镌刻在你心里，并相信下一个春天

我依旧在你怀里

柳溪河的秋天

柳溪河的秋天，没有季节的变化
没有变化的季节，是女人氤氲的体香
一路流淌，醉了原野
也醉了迁徙的候鸟

柳溪河的女人，在水畔度日
藕节似的胳膊，捞起萝卜白菜
也捞走捕鱼人的心
划一支橹，荡起阵阵涟漪
山歌从网眼里溜走

暮色四合的时候
河里的男人收了网，挎上装鱼的竹篓
走向冒起炊烟的泥屋
那里有一只瓦罐，翻起咕咕的水泡
等待篓里的那尾鱼

吊脚屋

倚靠石崖边，把头枕入山腰
一条溪流，缓缓流走
木桩干枯的思念

昏黄灯火里，老农斟满大碗茶
泡开寂寞的夜色
今春的农事，在茶水里舒展

失神的少女，把茶当酒
醉在屋后的树林
听斑鸠呓语
羞红了月晕

走失的心事，沿楼板的缝隙
滴落在水里
沐浴月色，平静而幽深

柿子熟了

柿子熟了，灼红灰兔的眼
颗颗饱圆，是秋风手里的球
稍不留神
跌落枝下的溪流

一尾鱼，窜往水草深处
碰触柿子进水的心事
漾起一片，恋枝的离愁

岸的上头，少女唱起采撷之歌
高高的悬念，一个个被击破
那是季节里，成熟的悲歌

山路漫漫

渐渐高大起来
足下的石板，布满年代的凹凸
汇集的泉水，荡漾太阳的光芒

拾级而上，寻求父辈的思想
黄牛的铜铃，在记忆里悠长
沉甸甸的岁月，在背篓里晃荡
爬满黑蚓的脚杆，在山路上粗壮

山路漫漫，朦胧了山影，清晰了思念
一只风筝，飘上山顶
把千百年的目光
在山外延长

椿芽

晓雾将歇的时候
燕子与小虫在梁间嬉戏
农家妹子，举一支竹竿
勾下椿芽的紫发

在清水里洗涤
沾染柴火上的油温
和少许的盐粒
女人用柔夷
酝酿出家的温馨

男人不停地咀嚼
女人赐予的芬芳
渴望播种一颗椿芽般
来年的希望

出嫁的秧子

清明节后，从山脚到山顶

农家的田地里

要出嫁的，是初长成的稻秧

一湾水田，回清倒影

农家妹子，背满篓秧子

撒向田野的四方

与汉子们一起

把秧子嫁入这高山后土

秧子出嫁后，青蛙闹腾了一个夏天

黄鳝和泥鳅，小鱼与蝌蚪

有多少秧子遇过

分苗，抽穗，扬花，结实

秧子度过了这样的一生

重要的是结局

成为碗里糯软的饭粒

高山上的村庄

一轮绿色的太阳

沿着山路，拾级而上

柿子熟了，给村庄涂染腮红

强壮的思想，笼罩

高山上的村庄

庄里的男人，垦出私人的荒地

女人把掰下的竹笋，铺陈在

雨后的石岩。缺水的身子

凝视女人足畔那条河流

一枚白果划水而游

寂寞的老人，脚踏褐土

把镰刀挥舞，收割田野

积蓄来年的希望

一头是狂想

一头是深度

一场雪，开始在午夜

一场雪，开始在午夜
弥漫天地，不曾惊动熟睡的人
流淌恬静的呼吸
幻想给大地添加棉被

黑色瓦砾，终将被雪覆盖
驼背的野猫，跃过结冻的河流
暗地里目光凝视
没有脚印的空地

一片雪不经意，与另一片雪交融
通往山谷凹地，简洁又含蓄
来自何方，去往何处
用意念与之交谈
庄重，沉默

大雪过后，原野何其辽阔
释放的心，获取广阔的自由
依稀看见，岩石还在裸露
良知已经醒来，愁绪离弦而去

一首诗，诞生在低处

在风里被大雪包裹，让人增添坚忍的勇气

是接近还是远离，或许

只需一个转身，便能看见春天

围坐炉火

围坐炉火

听远风奏响洞箫

雪落炊烟里，祖辈们的生活

红红火火地度过

望见那些

无关城市的记忆

村庄、铧犁、耕牛、田地

和流逝的时光

暖一壶酒，火舌舔舐壶底

荡出动人的舞曲

壶鼻溢出五谷的芬芳

劳作的气息

闪耀春华秋实的光芒

我们喝酒，歌唱

我们怀念，思考

我们孤独，寻找

炉火里燃烧着狂想

折射出希望

围坐炉火，听岁月回响

精神在时光外奔跑

贫穷，温暖

火里的醇香，朵朵作响

稻草垛

落日黄昏，在和风吹过的田野

躺进垛顶的余温

仰望天空，有云霞绯红

灿若稻们昔日的收获

感觉日子很软

抽一缕稻草，双手两搓

成就团结的力量

农忙时节，乡亲们相互帮忙

才不至于累断

自己的那根绳

沐浴橘色的光线

闭上眼，童年的光景蓦然呈现

再过一会儿，星辰将闪烁昨夜之光

我也将梦见，世俗沉浮的马车

碾过大地的脉搏

消失在远方

清晨，我走进山谷

清晨，我走进山谷

太阳还在云外尚未升起

透着清寒的山谷，与白雾交换眼神

搂紧瓦舍、炊烟、绿色的田野与河流

把目光转向层林深处

那里传来黄牛的颈铃声，以及

山泉沿着溪涧流淌的声响

仿佛近在咫尺，又宛如宽广的遥远

清风从远处吹来，扰动了树叶

让尘世的羁绊收敛成光环

它存在于山谷的开端、现在

在澄明的荣光中，汇集美的秩序

以冥想的方式，探索谦卑的实相

让我慢慢走入我自己

夜晚，微风吹过山谷

夜晚，微风吹过山谷
蓝月之光，在一颗露水上
生出迟暮之感，像落入山涧的云
清新高贵，也最是懂得人心

当你走进，这盛大而古怪的安宁
需要一颗绝对寂静的心灵
包括无时间，无名的永恒
那里，风吹起遁逝的光芒

鸟雀的歌声渐渐平息。它们睡去
但危机四伏的思想，成群
或者孤独，正如梦境般深沉
群山，渐渐消隐

月夜

山峦踊跃着铁的兽脊，从暮色中跑出
风声藏不住夜的触须，滑过我单薄的眼神
给日子让出一条道路
拉长夜的温度

小木船泊在鹅卵石里的梦境
被父亲的火把晃醒
在一只水鸟身后，悄悄地
撒下一张网
漾起一圈温暖的涟漪
向着一尾小鱼低语

在河流的入口，母亲轻轻地一声叹息
夜的瞳孔溢出一朵淡蓝色小花
在花下，我和亲人围坐窗前
月亮，无声也无语，把我们的身影
抱在怀里

青山无言地隐去

凉风吹过，雨落在远方
山脉、山谷、树木，渐变成银灰色
山涧边的水藻蔓延。静穆，沉淀
流动着绿色的芬芳

寂静不请自来。布满露珠的石头
闪闪发亮。山中针叶铺地
鸟雀的叫声，与惹满青苔的小小身体
隔着一道风烟袅袅的岸

青山无言地隐去。光和影短暂邂逅
可能只是瞬间，也可能是一生
所有的一切，都已遁迹
我走向你，美在红尘之外

过了小满

我要到你的稻田栽下秧苗
像对待孩子一样，放入适量的水
撒上合适的肥料，在夜间同她们说话
鼓励她们，使劲汲取每一份营养
成为田野上最茁壮的人

当她们抽穗扬花时，我就用腼腆来形容
她们含着露水的面孔，以及不胜凉风的娇羞
我要在饱含深情的目光里，不紧不慢地
给每一株稻穗，取一个不同寻常的名字
然后领会她们心怀苍生、悲悯的品格

当稻田翻滚着金色的波浪
她们终于长成大道的粮仓、天下的粮仓
我要以此来证明，爱情的诞生
你的马匹，你的草木，你的目光
瞬间变得温柔无比

时光里的呈现

让我如何说出那些远山的新绿如烟

洁白的梨花馨香弥漫

如何说出那些流水里倒映的柳芽儿弯弯

田野里的草木气息沁人心田

如何说出你——我文字里的旧岁和新年

今天，我是辞去的旧岁

一条小路蜿蜒在时光边缘，让山川与河流换了容颜

遒劲的北风过后，所有失去的野草、庄稼、河流

甚至骨头与汗水的影像，都是对生命最完整的表达

小路的尽头，一脉从泥土升腾起来的温柔

唤醒枝头小小的焰火，还夹带着冰雪的微凉

如同一盏盏精巧的灯笼，渴望把春天巨大的美

渐渐点亮，直至辉煌

今天，我是迎来的新年

在时光的河流旁边，我看见岁月的触角移动

听见日子走路的声音，那是这个冬天渐行渐远

一片明媚的春光即将呈现，那些曾经的磨砺和彷徨

在每一个黑夜过后再次鼓起勇气，承载生活的重担

翻开日子的篇章，柔软的风在枝头跳跃

叫醒了一朵又一朵的雪梨花，比月光更洁白
目光所及之处，必定还有一座峰峦的高度让人惊叹
还有一种美令人心安

走过一个新的路口，或许能将梦想收割
我不奢望人生如诗，岁月如歌
因为很难有一首诗或一曲音乐能把一切打开
或者在打开过后，永葆那个美好的开端
风起云涌时，江湖虽已更改
可山河依旧处，有的是梦里情怀

行走于时光之外，任那些散落风中的岁月
把我的生命变得朴素
如同一颗种子，渴望长成漫野的庄稼
而我，在春天还未走近的时候
就已经在一缕风里、一丝雨里
抑或是一朵落在指尖的雪花上，邂逅了她
于是，我渴望做一个幸福的人
和我的父老乡亲一起，走过那扇虚掩的心门
跨过那些残垣断壁，和每一个明天拥抱

新农村的诗眼（组诗）

免农业税

不再，这是真的
黄莺衔来一片春光，植入大地
以生长的名义，泥土和种子选择复活
风显得很认真，与乡村一道
卸下父亲肩上多年的沉重
一夜之间，田间的麦菜长成了畦
天亮了，蚂蚁还在梦中吮着脚趾
露水却很清透，怜悯地守望着庄稼

粮食直补

新翻泥土湿漉漉的影子
被季节埋得很深，粮食焦渴的呼喊
不关别人的事，直到玉米和稻麦
被东风庇护。路上的日子
与父亲的内心一样，不再孤独
潮湿的双眼，局促的双手
总想捞起故乡的沉浮
在田野的脉络里找到归宿

通村公路

当山村被柏油路串成了珍珠链

一万个少女发芽，开花

找寻一个闪亮的出口

夕阳下，那块久远的铁，遗落一枚锈迹

砸疼山野的小胸脯。暗地里

父亲的泪光闪烁，遥送一万双美目

绕过村口的小石桥、苞米地

融入一片金黄的朝霞

农业园区

花果林、入户道、银覆膜

捧出一头小耕牛，在记忆里啃食青草

禾苗抽穗的日子，庄稼人双手合十

虔诚地在一顶草帽边缘，挂上季节的暖

奶奶年迈的脚，丈量着秋天的距离

此刻，歪斜在多年前的草甸子

涌起了兰芷的气息

开两三束花，飘一缕清香

农家即景

知了足以搅碎夜的宁静

从学堂归来的孩子，如屋檐下的紫燕

在青瓦白墙里啄食书页间的词汇

不安分的小脚，踩响了月光

古朴的炊烟，漫过庭院边的蓄水池

浸湿了邻家姑娘的胸襟

她们掬一捧自来水，冲走了红辣椒里

辛辣的岁月

行行无别语

斜倚的枝头，我的桃花早已远走他乡

一抹红从天而降，深情地诉说

树枝与花蕾，天空与大地

从季节深处吹来的风

来了就走。不知能否嗅到我

在泥土里埋着，无家可归的呼吸

穿越故乡上空的笛声（组诗）

门前那条小河

期待的目光，缓缓流淌
远方的牵挂漫湿一只水鸟的翼
飞溅起一圈圈涟漪

母亲干裂的手掌，摸索着水下
一尾从春天游到夏天的鱼
被鳞割伤，滴下的血书写一封家书
被带往喧嚣的城市

一株水草，占据日子的寂寥
低低地呼唤，穿越故乡上空的笛声

屋后那片竹林

淡月如水，几只蛐蛐彻夜闹腾
竹不能眠，只是微笑

雨水落下来，滋润，娇养
瘦瘦的土壤挤出一条缝隙

褐色的笋芽吹出一缕信息
以特定的姿势，仰望那些高处的节
律动，生发

孩子的哭声，在半夜
跌跌撞撞地跑进竹林，掉进母亲的呓语

苞谷

太阳最辣的时候，苞谷成熟了
叶子还在枝头眺望秋天
一只清晰的耳朵，平静地
听一把镰刀收割的声音

夜晚，一灯如豆
母亲用手指扯下
发旧的，有深度的须
以黑夜的名义，蚂蚁在足间
行走，搬运一颗苞米粒

风吹散漫天星子
只留下一首儿歌，在成堆的苞谷棒子上
荡漾成永久的守望

田野

在季节的入口，我把思绪注入

一只蝴蝶，飞至田野，收集日子和光线

多少年了，我只记住一片影子

和一串黄牛颈上的铜铃

空虚的田野紧紧搂住几棵梨树

几片叶子在身下匍匐，翻垦

是锄头唯一的希望

在母亲弯下腰后，泥土说

你把布谷鸟的鸣叫和语言给我

我就把油菜花的香气给你

在林中，聆听一声鸟鸣

大地入眠的时刻，树忙碌着，枝叶繁茂

在空中伸展，嘲笑对方的容貌

黑暗的地下，他们却紧紧拥抱

一支竹笛，穿越树林的间隙

把一声山崖回响的鸟鸣

收进一枚枫叶，藏入书页之间

多年以后，于某一个寂寞的路口

想起那声久远的鸟鸣，在那枚叶里

寻觅，岁月的霜刀

早已刻下一道又一道的痕迹

五月，像风声一样柔软（组诗）

樱桃

五月日渐丰腴，与一场邂逅有关
一棵樱桃树怀孕了，把幸福挂上枝头
风一来，心上的甜蜜就变得沉沉的
从母体内带出一团火焰，悄无声息
点燃季节的眼睛，红透通往大地的脉搏

槐树

日子停歇在槐树的肩头
三两只褐色鸟儿，把一朵朵馨香
吸入骨髓，酝酿来年最动情的回忆
那一地缤纷，可是鸟儿的梦
与泥土对话，心安理得地
回到贫瘠的土壤

桃花

斜倚的枝头，我的桃花早已远走他乡
一抹红从天而降，深情地诉说

树枝与花蕾，天空与大地
从季节深处吹来的风
来了就走。不知能否嗅到我
在泥土里埋着，无家可归的呼吸

野花

没有名字，被燕子衔去了
以宁静的姿势，凝望一缕风的漂泊
牵扯不住多情的目光
一束光芒，寂寞的惆怅
膜拜从石缝里生出，洞穿山野的脊梁
高高举起的，是一粒种子的愿望

麦粒

当夜幕低垂，心事重重地
就要成为出嫁的新娘
瘦瘦的月光，漫过麦芒之上
梦见白日里遇见的那片海洋
风累了，一条河流停止荡漾
不敢抬头，怕看见母亲的脸庞
有些消瘦和忧伤

东河口，开在风中的百合花

独自走在荒凉的原野上，持久地
伫立在一棵古树旁，和它谈及
一些下沉的陆地和上升的水。这时候
一只鸟的影子落下，整个夏天涨满芬芳

看见一条河流在大地上衍生，漂浮
我与你，在一只蝴蝶的窒息里对视
风携来一声遥远的呼唤，并由此
联想到：落日炊烟

伸出纯净的掌心，迎接一滴泪水的声音
我把指尖上的光影叫作忧伤
把双脚与泥土的碰触叫作缅怀
那些掩埋在废墟下的日子
开始沉沦，我也将深陷一生

风中有馨香弥漫，一片零落的百合，逆风飞翔
我仰起脸来，宛如初次相遇
那个擎花而歌的少年，如今身在何方？

风声低处的村庄

1

我的村庄，与掠过一棵桂花树的风声有关
说起那棵桂花树弥散在风中的气息
我常常无语，生命在那里
呈现一种低调的温情

一些人，一些事，一些日子
就好像桂花树和桂花村一样
在某一个有风的时刻
出生，长大，渐渐老去
如同一个充满宿命的隐喻

2

一个人漫步在田野
村庄有时是一米阳光，轻轻吻上蝴蝶的翅膀
有时是一弯清月，照亮林边的荷塘
甚至可以是一颗被晚风吹落的草木种子
我总能在捡拾它的时候
体会那片土地上，随处可见的静谧和安详
并暗暗庆幸，我没有被她遗忘

至少，我还有着一口不改的乡音

以及那栋漏风的老屋

让一些青藤在风中飞扬

3

风声的低处，村庄在我心里日益高大

那条蹚过风声的河流

将关于村庄的记忆，日夜洗涮

我弯下腰去，以祖父辈的姿势

在泥土里寻找，一株禾苗对阳光的景仰

或大地的眷念。这样会更加亲切和温暖

直到那些看不见的意念随风远去

而我，还在那里，貌似一个诗人的模样

倾听着风向上吹拂，水往下流淌

4

河流渐行渐远，水里的一颗小石子

静静抬起头，听月光独自走路的寂静

在岁月深处，变成溢满乡愁的笛孔

夜深人静的时候，常有风的声音

桂香零落的声音……

从漆黑的夜色里跑出

被一只失水多年的笔牵扯住

如今，她正走在消失的泥土路上

5

那棵在风里飘香的桂花树
被叫了一辈子桂花村
在我想它们的时候，它们的身影
却向着一个古老的深处隐去
比一个人更难记住，偶尔能在那里
望见一点昏黄的灯火，或者
一两棵当年种下的梨树长大后的样子
就不禁生出些许惆怅

6

沿着那条河流，很多人走出它的腹部
却再也没有回去，如同蒲公英的种子
被带往另一个地方，在那里
生根，发芽，抽穗，扬花，结籽
而另一些人，沿着那条河流
走到离村子不远的山坡上
把身躯植入泥土，许多年后
以一棵树的名义，守望
那片只有他们知道，曾经
是什么模样的村庄

7

某一个清晨，我会回去
踏上一条田间小路
或许还能看见一两只小秧鸡，窜往稻秧深处
或许还能闻到，从山林飘来的野花味道
或许，我遗落在村口小石桥上
那些温情的记忆，能在其他人走过那里时
唤醒一个久违的梦
我想，那时的田野，油菜花一定开了
大片大片的金黄，深深淹没了
那些低处的风声

父亲的秋天

1

多年以前，故乡从一片泥土里站起

在乡亲们刚毅的身影里，被赋予生活的高度

遍地牛羊，袅袅炊烟

把整个村庄打扮得风生水起

迎着岁月迁徙的风声，泥土

用年轻、汗水和豪情，把父亲风干成

一棵守望村庄寂寞的老树

2

站在故乡的门前，我看见一条河流

走了很远的路，把一张网

布在老屋前的石头上，漫过父亲的田野

打捞季节里隐居的鱼群

我常常梦见，一尾鱼

从网眼里探出身子，拂过岁月的惆怅

坐在田垄上哭泣的样子

3

一条青石板路，沿着山野的脉络
走向遥远的天际，留下深深的脚印
时光的雕刀，镌刻着一首山歌的记忆
在路上延伸，邂逅一枚鸟的羽毛
等待衰老的降临，路的鱼尾纹
沾满家乡的泥土
和蔼可亲

4

一阵秋风过后，比候鸟更忙的
是收割的汗水，漫野的稻子
敲打着干涸的泥土，渗入父亲的温度
他陷入泥土的喘息，每咳出一口
落叶就厚了一层。归于平静的田野
唯独稻草人孤独地、深情地
守望着父亲的秋天

风吹大地（组诗）

听见风的声音

无雨的星空是最美的风景

满世界的秋风，拉开山峦与河流的距离

收束一对雁阵的呜呜，苍老了

一朵芍药花开的时间

没有什么可以逃避

世界的入口，被风涤荡

回到林莽深处

大树和风，背对着时光

凝望夕阳。那个走进林莽深处的人

如同漫长的冬天，用绵密的呼吸

肆意切割我的灵魂

将一只鸟的眼神

在夜色苍茫中回响

黑夜的眼睛，是被岁月怜惜的宁静

与麦地相视而立

庄稼吞咽寒凉的夜露
一茬茬长高，高出父亲卑微的头颅
风中，一曲离歌飘扬，瓦解思绪的安宁
几株苞谷或者高粱的目光，躲闪不及
散发咸涩的滋味。一弯镰刀
亲吻麦芒的伤口，将一粒盐
融化成秋天的祝福
今夜，我与麦地相视而立，厮守

拥抱一条河流的目光

失语的日子奔流不息，一条河流
是另一种空地，比生命更长久
河水汤汤，命定的魂注定流淌
蹚过山川的脊梁，悄然走近
一瓣梅香零落的春泥
山崖开花，野草变绿
一朵灿然的红，欲开还闭

今夜，我和你打马江湖

1

是你吗？如虹

卷起千堆雪，在我身边缭绕

扬起的长发，掀开你的眸，层层的

静美如花。恰如你寂寞的背影

辨不出真实和虚无的指引

或如你身后那轮弦月

分不清瞬间的圆满与残缺

2

笛声悠扬，谁的衣袂飘摇

牵扯住一抹弧度，滞留在唇角

空气里，游离着丝丝缕缕的疼

你的灵魂附体，拆下一小片

演绎一场有关英雄的江湖

尚且记得，剑光翻飞的夜晚

渐渐靠拢一座缺水的城池

一场雪，从前世下到了今生

3

盖世的武功？绝世的柔情？
那不是英雄。灯影阑珊
英雄唯有的是寂寞
月光下，一盏孤灯的静谧
潜藏着君王的模样
拂去眼角残存的泪滴
自我的压抑在回忆中释放
摒弃了十余载的青春和情爱
浩浩苍穹，气吞万里
自由吗？或许永不能逃离

4

今夜，我和你打马江湖
一袭白裙，被月光消融
旖旎了三月的柳絮
而此刻，有人点亮南归的灯笼
小石桥绘就的丹青依旧
一片雪融入墨中
有即是无
无即是有

今夜，我要带着一片落花回家

不停歇，行走在暮色里，直到树间的月亮

奇异地睁大眼睛

默数足下那一朵朵黑色影儿，跳跃，欢欣

一只淘气的蛐蛐，吻了吻

逃到了草丛里，假寐

吱呀，泥土泄露了雨水的秘密

一枚初芽的胞衣，被脚步遗留在大地上的体温刺破

月光下的风声睡着了，缓缓地

不敢惊动熟睡的脸庞

带着最后的温馨，偕同一缕暖风

和一些阳光、飞鸟，一起生活

在身影与树荫的间隙，暖暖地微笑

流淌，奔向一个不由自主的方向

在那里踏着节拍，屏息，拥抱

此刻，羞涩的时光，浅吟低唱

在这个深深的夜里

我要带着一片落花回家

在月色里离开

细雨如烟，一只青鸟倚着树枝
把一片落花凝成心口的疼
用十四年的时间
沿着一条叫嘉陵的河流
淌往盛唐

蜀道上空流转的
不是烟云，绝美的暮色
为你织就霓裳嫁衣
前世的一些痛爱
被峡谷上空那轮慢慢爬起的明月
遗失在蜿蜒的栈道里

暗香浮动，鸟儿还巢
发髻上的金步摇，漾起了一缕清寒
一个浅浅的媚笑
让骑着竹马的男子，微醺

马儿奔走在最后的春天
独自喘息
月色微蓝，把夜溶入一杯清酒

颔首，低饮

在月色里离开，轻抹朱唇
触摸那一股游入身体的气息
像他的目光一样，柔软
此起彼伏

似曾相识燕归来

月色向北的夜晚，徒步七月。早已忘却
那匹枣红色的小马，驮不起我的重

此刻，嘉陵江上空飘来一朵云
来自故乡的方向。让我想起
母亲的一缕华发和父亲微驼的腰板
以及老院子门前那棵山梨的气息

河流日渐汹涌，我伫立水岸
任时光在指尖蜿蜒，望见了
一尾鱼在寂寞上飞过那些山冈和瓦片房
借月光敲在芭蕉上的曲调，洗濯乡愁

今夜的月色，拥有佛的慈悲
我的骨头，被一片寒凉清醒
在故乡的枝头，以燕子的姿势栖息
成一枚叶子。不再念那些
荷塘的风，瘦西湖的雨

谁寄锦书来

两亩荷塘折进大地之中，雾霭消融了
日的温度。帘卷西风，缱绻了薄暮的时光

倚窗而望，青鸟不来。以伫立的姿势
把目光投向别处。布满金色条纹的裙裾
在朱砂的底色里，褶皱出幽幽暗香

在水一方的伊人，亦不见芳草萋萋
一管羊毫，走湿千年风情，在笔端凝噎
忆起了水调歌头，或者如梦令的句子

红唇不启，一纸素笺以等待的名义
期盼来年，换得谁一世迷离

旧伤

屋子拥有旧伤
被虫蚁啃噬的四根柱子将断
沉睡已久的屋檐，梦见一条蛇的冰冷
潜入秋的缝隙

从屋梁爬出的蜘蛛
想起一只归隐山野的狐狸
记得它被风凝固的伤痕
蔓及肋骨、爪子和头颅

去往洞穴深处
以一张网的名义
给不见天日的狐狸带去慰藉

夜幕下矗立的岩石
树木、浮云和一轮弦月的阴影
比狐狸的伤痕更让人无助

将头埋进一抔泥土
却在那里看见
昨夜，狐狸嘤嘤地哭泣

暮色

树木抛弃最后一片叶子，连同春天和果实

泅渡到对岸，躲进一片灰色的阴影

风在上面刻下一只鸟的眼神

泥土与天空的高度，沿着烟囱的皱纹

被一截枯枝丈量

一条河流弯曲着脊背，寻找洞穴深处的太阳

鱼鳍和发光的石头擦肩而过，溯流而上

瘦弱的喘息，漫过高压线的轨迹

在一朵积雨云中瓦解

一颗小星清冷，在暮色

迷惘的瞬间，拨开云层的孤独

把羽毛、风、芦苇和月光

在黑夜跌倒的尊严

照亮

守望

穿过密集的电线，目送鸟投向遥远

在山林边缘，他们褐色的翅膀显得衰弱

用怜悯的目光守望庄稼

与一株从收割里长出的稻子谈话

说到一把镰刀割破大地的喉管

脱口欲出的呐喊，被一群蚂蚁啃食

在杂草与石头的体内修筑巢穴

风声如洪水，携带一尾鱼的犹豫

涌入黑暗的地道，从某个洞口溢出

淹没隔壁女人的鼾声

一块生锈的铁，被火焰舔舐

连同青杠炭火下烤红薯的气味

在天明离家的时候，忘记带了

他们走出村子，用一只手拽着另一只手

隔着千里的沉寂，屏住呼吸

憧憬地活下去

由植物想起了

自从你离开这个小镇，已经数日了

我把目光悬挂在那株植物的叶子上

加重枝干的分量，杜绝风的叨扰

你曾给它修剪枝叶，剪掉旁枝，浇水、培土

我坚信过不了多久，那些衰老的褐色纹理下

会冒出一个花蕾，像盛了月光的酒盏

在夜色里熠熠生辉。我低下头

注意到自己的皮肤，如同植物根部泥土的颜色

让人想到老妇人晒在水泥地上的麦子

使劲汲取大地的阳光

鹅黄的胞芽正要钻出，就被一群贪嘴的麻雀唬住了

想到我做过的那些家务活

刷碗，拖地，扫掉墙角的蛛网

然后在孩子的呓语里，翻阅友人赠送的诗集

你教我写的那些钢笔字，变换着身姿

以意念的方式，撞击我干涩的声带

一些词句就和着韵律呈现

一株植物被利器拦腰折断后的重量

现在，想起了在家的你。我看见

你手中握着的，除了植物焦渴的呼喊

还有我舌头上缺水的苍苔

夏日午后，从一个小镇出发

夏日午后，从一个小镇出发
在去往县城的路上，汽车、树林和山冈
被雨后的骄阳微颤着。这里是乡村
是多少年来令人神往的梨乡
抽旱烟的老农在田野守望
面披麻纱的少女，就要成为季节的新娘

再向前，风景就越发新了，我想起
田野里的孩子，绕着干草垛
滚铁环，翻跟斗，捉豆娘
茫茫的田野，把光芒呈现在
一只蝴蝶的翅膀，抑或
一株麦芒之上

多年前的故乡，一觉就复原了
我从睡梦中醒来，望向窗外的田野
一群牛摇着长长的尾巴，温柔地喘息
它们也会像我一样，望着远去的群山出神
或者，用清澄的眼神
接住一朵坠落的云

八月临近，七月未央。忆起那句

"来临的还未来临，死亡依旧漫长"

我想，生活的过往

一如前些天多雨的日子

被光阴拉入一片雾气里

冲破之后就是阳光

留守村庄的老人

独坐老屋的墙边，如禅修的僧
看日出日落，听山谷风雨
当花香、鸟鸣和荒草入侵所有的路径
仍坚持用锄头丈量土地
为儿孙留着念想，留住黎明的希望

时常在季节的风里，一遍遍吞嚼自己
也偶尔同庄稼对话，因不善言辞
话题日渐荒芜，杂草丛生
终于，他变得越来越内向，走路很慢
低着头，踩那些落叶，踢泥土疙瘩
跟谁也不想说话

留守村庄的老人，总是用浑浊的月光
打量鸟群，从一棵树飞到另一棵树
看屋顶的炊烟，在暮色里裹住日子的空旷
于某个清晨，毫无预兆地离去
未留下一句言语

风吹墓草

两株枯蔓，一丘野草
中间孤立着泊在记忆里的残碑

一棵衰败的墓草，伸手抓住
远来的浮风。被它看见的大地就更加虚无

脆弱的墓草，比墓里的人病得更重
风掠过它的头顶，从枯萎里吹来
寂静，残损，破败

有谁知道，墓里的人
曾是位叱咤风云的大将
又有谁了解，英雄的消逝
只不过是刹那云烟

风吹墓草的瞬间，墓草把身躯
呈放在冰冷与尘灰之上

挂在墙上的镰刀

在日渐薄凉的季节里，落满尘灰的镰刀
像垂暮的农人，将火热的光景
收入小小的胸脯，落叶般地挂在墙上
弥散着铁锈的气息

热爱泥土的村民，终日守望
那些青黄的事物，被阳光浸透的蝉鸣
渴望将镰刀的锋利和光芒
在季节的轮回里，重新打磨得锃亮

挂在墙上的镰刀，一处季节图腾的旧址
把深藏的内容取出，剩下的是村民的肺叶
劳作时的咳喘隐隐传来

院里透出凉意

爬山虎，夏季开花

花小，黄绿色，浆果紫黑色

日复一日，年复一年

在院墙上匍匐出一大片浓荫

连同墙角的青苔，掉漆木椅

以及木椅上打盹的老人

和脚下那只唤作"福安"的老猫

一整天，不言语，少声音

黄昏时分，一只鸟落下来

它有杯盏大小，褐色羽毛，藤黄双脚

它相中了老人头顶的屋檐

它想在那里搭巢

它不知道该从他身边飞过去

还是退回来。于是，鸟停下来

在爬山虎藤蔓的间隙

静静地注视着他们

老人并未留意鸟的到来，他沉浸在回忆里

那年谷雨，柳絮飞落，杜鹃夜啼

他们耕田、耙犁、收水、插秧

那年白露，晨气微寒，阳光尚好
他们采摘烟叶，晾晒、烘烤、定色
时光像一条河流，在心里缓缓流淌
他尽量克制自己，不让它流得太快
他怕流得太快，干枯会提早到来

鸟一直盯着老人，似乎忘了初衷
它不明白，为什么老人一直保持沉默
天色渐渐暗下来，院里透出凉意
鸟感觉自己也在慢慢老去，变得不再灵敏
"福安，我们回吧"
老人带着老猫，静默在余晖里
鸟的目光，陷入腐朽的门扇
斑驳了岁月的痕迹

我的村庄芳草萋萋

我的村庄芳草萋萋。粗狂而寂寥的
冥想之地。它的呐喊，是迷人的成长
是祖祖辈辈的繁衍生息

山坳里的景象，同家畜、河流与阳光
释放生命诞生之初的啼哭
结束时的哽咽，并与之融合
在敬畏和天真中相遇

一只迷失的蝴蝶，在脆弱的心跳里
躺下。假如我必须说出
它的孤独、美或者永恒，请允许我
匿身卑微的草木，以求证实
生命的姿态——是赞美也是责备

我似乎总是在行走

没有远途的跋涉，却总是翻越高山
我有预感，一处梦中的境地
在等着我抵达

行走的路上，我选择以水的形式
流淌我的情绪，并赋予它们外在的意象
以及所想要确定、牢固的事物
我给它们命名：春、夏、秋、冬

一段经年的往事，像落花一样轻
却总是在时间暂停的时候，有意无意地醒着
让我在岁月的轮回里，蓦然回首

"与生命里的一切相同，我们爱得太匆匆"
梦中的境地还在远处，我还得继续行走

我的伤感不再锐利

在岁月面前，没有一颗出尘的心
却试图带着月色的情绪
返回村庄的腹地，用自己的方式
完成对故乡的膜礼

静悄悄的夜里，那个曾经埋首赶路的人
借一颗种子的形体，将自己埋入泥土
在一场春雨过后，等待
生根，发芽，破土，开花

她说："当丰腴的土地，结出会飞的苹果
我的伤感就不再锐利。"

大地书（组诗）

秋天的温度

季节对大地痛下狠手，剥开一枚比目光
更深沉的锈迹，了结一盏早年出窑的瓷器
醉鬼挑衅，粉尘跌入缝隙，旱出褶皱，却不提及
一场酝酿过后，活在瞳孔世界的人
是怎样孤独地触及，有关面红耳赤的旧事
燃烧坚守。一股从肺腑腾起的清风
掠过碎瓷片上的螺纹。这其中
必定有我的余生，生出疼痛的种子
一片叶子无处可藏，像父亲那样
摊开整个秋天的温度，艰难地度过

野地上空

一群鸟喃喃自语，谈及一对男女
他们辨认草药，用银针和汤液喂养
被山峦遗弃的冬雪。斜阳妖娆，大地的心脏
被鸟啄食。草皮上的小妇人，穿蓝格子衬衣
用龟裂的手掌，垦除一片锋芒
活埋一万粒草籽。大地上有人站立

责难跪在山顶的阳光，此时一声枪响
静默群鸟的聒噪，凝固背影的彳亍
当大地的泪水结冰
有些冷了，我忘记了诉说

风声背后的牛羊

昼夜交替的档口，越冬的植物停止生长
黄昏下起雨，大户人家的猫溺水而亡
一只血狐狸的祈望，从人的体内窜出
村庄退守，风声背后的牛羊憧憬远方
如白垩纪的物种，终究被时间埋葬
没有谁知道，温顺的牛羊有时候
也会露出狼的牙齿，将死者填入土中
面色蜡黄的孩子，捧一抔新土说：
入土为安。一缕浅浅的热气
从他的额头跑出，扑进大地

故乡的陌生人

十里月光，苍茫不了一扇门的思念
往事坚硬的骨骸，闯进鸟雀沉睡的梦呓
月光之外，陌生人奏响激越的鼓点
就像现在，故乡越近，我的心跳就越猛烈
飙风赶了几千里路，勒紧稻的脖颈
生锈的镰刀，砍不断虫蛀的炊烟
在月亮走过四季的时候

默默死去。墙角的蛛网
比一滴泪水轻
比一生苦难重

锦上添花　唐丽娟

第三辑　岁月如沉香

"时间是观察者，是过去"
我们从人类最初认为雷声是神明的旨意
谈到崇拜山川、河流、星辰和神像
试图把所有的真相，在草木间找到归处
但最早的经验源于最难接近的部分

在近月湖畔

不再深陷于过往和形态

包括所有令人恐惧、嗔恨或愤怒的事物

在灌木丛里，在湖面上

在一只正要吞下飞虫的鸟雀那里

探寻时间、方向，解脱执着、占有

嫉妒和野心，以及试图达到的目的

我们都在经历生死，谦卑总是处于开始的状态

在这些充满喜悦、悲伤和迷惘的岁月中

需要尝试、宽容、克服

优于和超越所观察到的一切

不断地奋斗和努力

累积学识和经验，最后死去

但是非、善恶、爱憎、勇敢与怯弱

从来不在道德教条的规则和公式里

人世的冲突、欢乐、痛苦

永不停止的生存战争，仍持续上演

正如在近月湖畔，你看到一朵云落下来

后来它飘走了，于是你又回到了自我

这样的清空是美

这样的清空是美。美得极度朴素
其间没有一丝固执的坚持
这就是突破的意义

一朵花，一条河，一个淋漓尽致的爱人
无须用一个意向替代另一个意向
喜悦无处不在

我想要表达的感觉
不止美景和诗歌，还有像明月闪烁的石头
时刻保持警觉的安静

浮躁已然沉寂，生命之爱在尘世闪现
而爱和美是并行的，包括完整自由的心灵

我想要跨过一扇门

我想要跨过一扇门
一只黑鸟在褐色的门楣上筑巢
它衔来枯枝、稻草，逐一穿插
弯折，像手指拨弄琴弦
弹奏起斑驳的光阴

它的目光歪打正着，撞上我
想要跨过一扇门的思想
在一盏即将熄灭的沉重的孤灯上
留下痕迹。在隐秘背后
闪烁

直到傍晚的风声，从时光迭起的
暗影——这巨大的谜底走过
我感到，一只鸟比我更会阅读
我的思想。真理就在门后
我唯一想说的，是张望的花朵

我径直走向颤动不止的麦浪

起初，我在深秋的山谷

一座名叫"正月十五"的庭院看书

我抬起头，目光越过错落有致的青瓦房

向远方望去，意识还沉浸在书中

一大片金黄闯入视野，与天空的蓝形成撞色

那样鲜艳，我以为是凡·高画中山下的麦田

这显然是错觉，但在那一瞬间却很真实

我开始欣赏这画面感极强的景色

高处的视点，让田园延伸得比实际看到的要远

成熟的意象，相比春天的时候变得非常不同

"现在的一切，有金色，青铜，甚至是铜

泛着蓝绿色的天空弥漫着奇妙的芳香……"

而不远处的秋风也送来竹影和虫鸣

一只麻雀的叫声和枝头的突兀多么虚妄

我顿时被满是错觉的事物包裹，无法领悟

生命困惑的根源，只能靠意念唤醒自己

在似真似幻之间，所有的渺小与卑微

让通往麦田的路变得湿滑，一片落叶

无声地告诫，不要在趔趄中丧失品性

我把秋风装进口袋，径直走向

颤动不止的麦浪

一声无法识别的鸟鸣

在村庄的角落里，寂寞、流泪和发呆
或者做一些我们无法窥见的事
比如把坏脾气，发泄在青涩的麦子身上
与一只瓢虫在风里相遇
长时间地凝望对方，用尖利的喙
啄食惊惧和哀伤

当有人经过崎岖不平的山路
它的鸣叫，又平添了秋叶海棠的甜美
似乎在等候，又仿佛是迷路走到这里
两只蓝色的眼睛，闪现小小的狡黠和张狂
也会在迟疑的刹那，生出听天由命之感
只呈现一抹辽阔而神秘的黛青

一切的欢喜源于平等

当黄莺的歌声带着感情，透着喜悦
你会发现，那不是黄莺
而是我们身边的伙伴
对，伙伴，我们不是凌驾于他们之上

燕子在空中跳着舞，猫的叫声透着哀怨
羊有流泪的时候，鱼的一个转身能画出涟漪
平视他们的生活，把他们的叫声视为
长叹、低吟，吹口琴、拉二胡
把他们的动作叫作撒娇、卖萌、出风头

一切的欢喜源于平等。我们需要了解他们的吃相
了解他们如何建造住所、寻觅食物、谈情说爱
以及如何争夺领土、争风吃醋
并用一双饱含深情的眼睛
谛听光明

一只猫停下它的脚步

一只猫停下它的脚步。它不知道
我在静静注视着，它从花园走出
将一只麻雀紧紧衔住。或许它正在
寻一处妥当的处所，生生吞下它的食物

然后，踱步到池塘边，汲取苇叶上的露珠
又向墙边，趁着阳光尚暖，打两个盹
途中遇到过路的孩童，它赶紧让路
用下蹲的姿势，掩饰内心的恐惧

我试图走近，给它一些友好的善意
可它像身陷危险的人，小心而谨慎
打量着四周，突然
敏捷地奔向相反的方向

像脱弦的利箭，呼啸飞驰
了无踪迹。或者
在肃穆而稳健的气流中
骤然变得危险

未来的极简主义者

他们看不惯废气的排放
拒绝使用塑料制品
更讨厌柴米油盐的生活琐事
他们过着极简的生活

他们吃3D打印机打印的营养丸，成分刚刚好
他们认为，鸡鸭牛羊都是生命，有生存的权利
认为西红柿、辣椒应该自由生长
在田野，而不是温室大棚里

他们的住所极其简单，室温二十八度
不冷不热，无需床被，还可随身携带
他们有时候睡在山顶，仰望星空
有时在湖边，看茫茫夜色
有时在大树枝上，和鸟儿做伴

如果你想寻求他们的帮助
不必太客套，因为他们是极简主义者
讨厌所有的繁文缛节
有话，就请你直说

我们探究修道的生活

"修道的生活"，我们一致认为
这是个复杂的命题
就是，有没有一种自由
能够完全免于内心的焦虑与恐惧
超越身体，超越痛苦或欢愉的生活

"时间是观察者，是过去"
我们从人类最初认为雷声是神明的旨意
谈到崇拜山川、河流、星辰和神像
试图把所有的真相，在草木间找到归处
但最早的经验源于最难接近的部分

如同在隐秘的山谷，我们扔出一颗石头
叫喊着划过色彩斑斓的岁月
一边抵抗一边顺从
然后轻而易举地
从树梢跌落

给眼神清澈的朋友

我想要表达的言语如此贫瘠。而我不能表达的
就像闷热的天气，在他屋后的银杏树上
洒下浓荫，将路过的鸡鸭、牛羊的身影
划过聒噪的蝉鸣，最后消失在透亮的天宇

我眼神清澈的朋友，端坐在靠墙的板凳上
手在衣服上蹭了蹭，然后
仔细抚摸着每一个词语。日光下
一些字符像草丛里腾起的飞虫
在他明亮的眼睛里，静静站立

他说能读懂言外之意。将在农忙之后
前往镇上的工厂工作，他还说
已经学会了厨艺，很乐意露上两手
新房已经盖好，孩子正在长大，而今
"两不愁三保障"，正是大展拳脚
把命运交给经历的时候

我看见，清爽的微风落下来
在他的前方开花。我渴望他们
不是为了追逐，而是为了追忆

我一早出发，带着露水

我一早出发，带着露水

去母亲的菜园，看见一只负伤的小雀

蜷缩在地上。它孤独，伤感

它不知道，我们同是自然的居民

在我即将弯腰触碰它的时候

它拼力扇动翅膀，扑腾着飞起

瞬间，又掉落原地

它的眼里，流露出悲戚

接下来的片刻，是全然的静寂

我们相互打量，温和地将彼此评判

突然，一声尖锐的叫声

抑或面对死亡的欣喜

让我意识到，善良的本质

应是一颗没有冲突的心

佛或者月光（组诗）

千佛崖的风

从八百里秦川以远

如期而至，这千年古栈道

刻下魏风唐骨的弧线

而今，原本就是清白之物的石头

拥有慈悲的眉眼，日夜聆听

晨钟暮鼓，一朵月光在飞

那些往日的山河

如同超越生死的佛

早已知道，有一天

我会从他身边，依然走过

寺庙同月亮一样高

一只猫端坐在寺顶的青瓦上

它无知的瞳孔里，饱含小小的

洁净的忧伤。烟云漫过它的头顶

在那里，月亮低下来

伸手搂住它的孩子

陪它聊了一夜的风，有些累了
落到几只小虫身上
发出沙沙的声响
而我，仿佛成为它们的同类
听听风，望望云，痴过一世去

林下的落红

我来晚了。怀抱琵琶云的美人
披着月光细小的芒刺
早已在枝头，呈现纷纷的美
跌落一季心事。除此之外
一只鸟，仍停留在那里
热情地呼唤。这光景
多像渐渐柔软下去的草木
把哀伤嵌入泥里，却
蕴藏着希望和恬淡的痛楚

戏楼里的青衣

脚踏一朵莲花的媚态而来
她走圆场，甩水袖，捏兰指
唱西皮流水，不悲，不喜
"幽兰露，如啼眼。
无物结同心，烟花不堪剪"
正当她吟吟哦哦之际

晚风拂过檐铃，我忽地想起
有人嗔道："敬佛，心诚则灵
何苦难为这些匠人呢？"
我拈花一笑：你便是我的佛

千佛崖

自从冷漠的山崖刻上了梵音
这一山的顽石便有了灵性
自从轻柔的白云如禅般飘过
山前的亭台桥榭更添了神韵
它寂静、从容，又慈悲
在北魏之后，又隋唐之后
一坐，即是千年

没有人知道是多少能工巧匠的鬼斧神工
才铸就了历代王侯与寻常百姓共同编织的佛国之梦
在漫山菩提的郁郁葱葱里，普度众生
也没有人知道它是怎样香火鼎盛，又衰败
如今，它依旧端坐在浅浅的阳光里，似乎有点冷

多少年来，嘉陵江的风声一阵高过一阵
从不放弃用暴戾的呻吟，敲碎七千石头的听力
还有被月光的霜花，冰凉了一千五百年的慈性
然而，生命在此仅仅是一个符号
从来没有所谓的界河与禁忌

早已习惯了人世间的欢喜、悲伤、繁华或寂寞
无论是善恶清浊、静闹色空

还是春花秋月、世事沧桑，它都不曾言语
只是用青色的眼神，守候身畔
那朵叫作利州的红莲

它的身下，是被岁月掩埋的古蜀道
干净的泥土生长着干净的草木
当你俯下身子试图贴近，再贴近一些的时候
就会有石同利器撞击的声音迸出来
会有嘶叫的马匹踏过来，负重的车队碾过来
挟裹着战火的风扑过来……
正当你感觉幻生幻灭的时候，一片佛光照下来
顿时明净的心，只有爱，没有恨

或许，你可以带着一颗虔诚的心
端详它雍容典雅的姿态
它的眼角眉梢微微翘起，轮廓安详静谧
就连上面的每一缕阳光都是柔和的
它什么也没有说，甚至连一句偈语也不曾留下
但足以令你忘却城市的喧嚣，摒弃心灵的浮躁
气定神闲，纯粹干净，宛若不谙世事的孩童

而此刻，厌倦了各种刺耳的声音
厌倦了各种伪装的外衣，正热闹地活着
却仿佛快要清清冷冷睡去的我
多么需要融入它的怀抱
从此，敬畏生命，敬畏自然
满怀慈悲和柔情，静静聆听一朵花开的声音

在金牛古道行走或聆听

岁月的行程，从不轻易让人
感到流逝。携着两千三百年的烟云
月光的白，从锦官城出发
过汉州、旌阳、梓潼，翻越大小剑山
经明月峡，抵达葭萌，而后
一路向北，在陕西褒城穿秦岭，出斜谷
直通八百里秦川

走进金牛古道，就走进了波澜壮阔的历史
走进了尘封的往事。一条翠绿的长廊
用根凿，用力扎，夙夜与风交谈
荫蔽的岂止是千里绵延、万里江山
一段残存的栈道，以绝壁凌空的气势
将石牛粪金、五丁开山的传说
在巴蜀大地，流传了千年

岩石是古道的骨骼。寂静的时候
坐在它的肋骨里，用心听一块石头
便有一种声音流泻出来
那是奔腾的江，是咆哮的河
是硝烟弥漫的三国。隐隐如雷的战鼓

似乎还在起伏。旌旗开处
万千铁骑就要脱缰而出

历史的沧桑，只在弹指一挥间
跋涉两千余里的风声，将古道的一切笼罩
在曾经和现在，今天和明天之间
静静地聆听，以回声寻找，大地的辽阔
以古道之名，书写敢为天下先的勇气
巴蜀人的风骨，当是如此

阴平古道的光影碎片（组诗）

邓艾偷渡

既然是畏途，是巉岩，找不到合适的路
那就另辟蹊径，用一床毡毯裹住
摩天岭两千多米悬崖峭壁上，猿猱断肠的悲切
勒马悬车，攀木援岩，以三千勇猛之心
挥师南下，直取益州

姜维受降

既然一心继承诸葛遗志，那就九伐中原
匡扶汉室。无奈茫茫天数不延汉祚
纵使"生尚设谋诛邓艾，死当为吏杀谯周"
也回天乏术。滚滚狼烟里
一把宝剑怒斩山岩，忍辱受降
留下的唯有遗憾与痛楚

乐不思蜀

既然兵临城下，那就平静地接受
在免遭生灵涂炭的仁爱里，做一个

扶不起的阿斗，托词"此间乐，不思蜀"

窃据中山寨，用世人嘲笑的眼泪

拾起一部，千年弄权擅政的真经

徜徉在你，古老的巷子里

徜徉在你，古老的巷子里

面对一堵城墙，或者一口久远的古井

我不敢触摸，那千年不朽的繁华

害怕触疼那些，散落在风中的岁月

我怕寂寞，寂寞里看不见你的影子

还有多年来，与你有关的履历

我怕失去，怕失去那些岁月留下的痕迹

燕子巢穴，以及一度省略的词句

或许你的梦，早已遗失在

那些绯红与柳绿里

或许你真实的容颜，只能定格在

那些泛黄的照片里

或许你淡淡飘香的诗句，只能尘封在

那些亭阁的梁枋里

还有一张斑驳苔藓的小小竹筏

在那摊鹅卵石的记忆里

梦见了那些远去的流水

想起了那些唱晚的渔歌

还有一块不曾被拾取的汉代方砖

躺在农家的墙角，于每一个晨曦和黄昏

从熙熙攘攘的人群里，采集

一枚干涩的笑容

还有一段未曾翻阅的青石板路

通往江边的胡杨林，渐渐远离镇上热播的旋律

在一个雨天的午后拾级而去

独自享受美丽的静默与孤寂

读牛头山驿道

沿着爬满皱纹的驿道，走入皱纹般
古老的历史，惹满岁月的尘埃
匆匆而来，匆匆而去

通向遥远的年代，挂一串珠链在山野
让人来读。读千年古驿道
那不是朝拜

对于偶像的崇拜，早已成为过往
三十余载的青春，跌落山下
无声的江水，被一轮落日融化

江畔马儿的鼻息，如石头般尖利
在空谷里飘荡，呼喊苍茫的夜色
不见回响

"一骑红尘妃子笑，无人知是荔枝来"
牡丹含羞一笑，倾倒了
黄柏树下，多情的郎

深锁的庭院，隔绝世态炎凉

一曲霓裳，舞出梅的醉态

莲的清婉，朵朵是尖刀上的舞

夕阳西下，我也将归去

迈着沉重的脚步，穿越历史的脊梁

踩疼苍凉的命运

一树梨花，宠辱皆忘

沿着来时的方向

是起点也是归航

栈道，或者黎明前

"清风清，明月明"
栈道连云。听，战马在黎明前
发出最后一声嘶鸣
嘉陵江风声浩荡，明月已随江水
下沉。凌空的峭壁里
成群的石头跌落，所到之处
碰撞，飞溅。如同
诗人的佩剑，在浸满月光的崖壁
来回擦拭。身披秋风之人
在江边燃起一堆篝火，合上
凿孔、架梁时喘息的眼睛
旌旗、马匹、云朵，朝汉中疾走
受惊的山鸟，从木栈的年轮里飞起
在一片松软的草木背后
沉默不语

穿越西秦岭隧道

此刻，我置身一个叫西秦岭隧道的地方
这里没有村庄，没有麦田，没有炊烟
北风已经来临，万物枯竭，群山不动
一团白雾，在荒芜的褐色岩石间来回乱窜

我与那些同在旅途的陌生面孔，相互凝视
然后归于沉寂。直到一只灰雀剪开白雾
又融于白雾，恍惚，迷离
这一切停留的，都将迅速成为过去
所有到不了的，仍停留在远方

穿越西秦岭隧道，就是行走于黑暗与光明之间
山在漂移，天空在飞翔
一群迁徙的候鸟，让人突然生出爱恨
如一弯弦月，照亮浮生掠过的影
而我，也亟须回到故乡的山顶
身俯大地，手抚星辰

在一首诗歌深处想起青莲

是夜，薄暮如烟，花如雪

池畔的一朵青莲，从一张素笺中踏歌而来

一个诗人，一杯酒，一轮月亮

一把长剑伴随走天涯，心也茫然

且行且歌，你说前路很遥远

我的目光就以最快的速度

把你矗立山巅的影子拉长，翻捡

在一声经久不绝的猿啼里

把一些时光倾斜，望见岁月在你额间

缝缝补补，把沟壑填满

一曲笙歌，弹不去世路艰难

暂且临风把盏，只需一脊背的月光

便把身躯融进一片瞻观

金樽，清酒，玉盘，珍馐

怎抵得过黄河的浩瀚，太行的雪山

美不可言

举杯，邀月，对影

夜无眠，酒无心，醉无意

灵魂，在字间升华，悠悠

凭借一缕芳华，情怀寄天宇

袅袅间，把豪气在夜幕里斟饮

诗万卷，酒千觞

凌晨

凌晨，被急促的雨点敲醒

走出蜷伏在黑暗里的老屋

来到爬满植物的窗口

听见庄稼大口喝水的声音

以及泥土流失的疼痛

一只鸟的身躯，从漆黑的高空一闪而过

一摊零落的羽毛和血

让一群在夜晚觅食的虫蚁兴奋不已

白日里躲在角落的黑狗

堆在墙角的秸秆，也纷纷赶来

奔赴一场祭奠亡灵的盛会

无数的利齿，像扫帚一样从身上扫过

胸腔裂开一道缝隙，露出同天空一样的黑

晃悠悠地颤动，皮肉渐少

被啃咬的骨骼，笑着张大嘴巴

它坚定地说：我不过是提前交出形体

待愤怒的曙光劈开夜幕

在世界面前，我依旧紧捂心窝

潜伏

潜伏在杏色小虫翅膀的边缘
用呼吸凝住月光
洋洋洒洒的是花瓣坠落在我的触角之下
一个个春天的梦境滴落

在那个细雨如丝的日子里
我的呼喊化作片片梨花
如一只只青鸟，静静潜入心里
却没有人告诉我它的到来

一只固执的黑鸟，还停留在树荫深处
说要把一颗樱桃吃掉，我忍不住一笑
"你个傻瓜，樱桃才刚开花，离成熟还太早"
那些音乐、残酒、忧郁的花间词
都应该不要。生活原本就是这桃之夭夭
你越要它缤纷妖娆，它就越是轻烟淡绕

在经年累月的时光里，我的记忆变得混浊
我不知道，我一直在等待它的到来

香草美人

五月，在启程之前
同一只白色水鸟说起
要做一回香草美人。月光里
焚香，念心经。江水流经的门前
驻足，眺望，吟唱《九歌》
再划着龙舟去寻探诗歌的门槛

是夜，江畔没有落雪
箬叶和扁舟不是你
艾草也不是。橘花在风中
效仿蝴蝶走路，逆流而上
所有的神祇，缄默不语
美玉和石头下沉，一株水草使劲喊疼

在后工业时代，请允许我依然叫你
——先生。当你跳进诗歌跳进江里
夜色，只能够笼罩哭泣
没人知道打捞的渔船何时变成了龙舟
橘花何时被饱蘸弦歌的瘦笔
描成漫天飞絮。每一缕
都是伴你流放的气息

先生，在来之前，我早已同青鸟说好
要做你寂寞的后生。在自由的国度
养育水草，种植美好和富饶
就这样，与你隔着两千年的时光相望
所谓信念，就是你的诗眼
复活我深藏不露的美

抵达秋天深处（组诗）

我愿意在这里终老

置一所朝阳的房子

青瓦白墙，木格花窗

屋后有些藤萝、青翠竹子

屋前也必须美

约等于三角梅的气息

加以篱笆、豆角和菜畦

而我，愿意在落日余晖里

在细雨屋檐下

看湛蓝天空，那群

不知愁滋味的鸽子

衔来一枚

谷物般饱满的光阴

途经薰衣草花田

整个下午，我都在挑拣旧时光

用于等待，用于守候，用于回到柔软

细碎的紫，虚妄、矜持、缄默不语

在苍茫底色里

写下白云、草木、东流水

写下牛羊、炊烟、朴素的生活

它们并不知晓

薰衣草，又名灵香草，多年生耐寒植物

能镇静、催眠，助消化

而我能给予的柔情

仅仅是将所有泪水浇灌

直到世人都说，这花开得多好

同一株枯木谈及生活

所谓生活，无非是季节交替

不因悲欢而停顿，终归于沉寂

所谓枯荣与命运的关系

完全一致，或截然相反

便是生活之于生灵的用意

上求菩提，下化众生

风霜深谙其间道理

向寂静火焰致以敬意

淌过诸多隐秘的动荡和不安

开始了新一轮的

布施，守诚，勇猛精进

风声自上而下呜咽着

像一万匹战马，顶着俗世的疼

以及带血的青春

跨过杀戮，在冬天来临之际

回到洞穴深处

慢慢学会低头，学会弯腰

学会忏悔和救赎

在寒凉里得到学识、才德和清望

在泥土和果实中间

儿女情长，反复跌倒

在乡村和城市的间隙，像农人一样

一茬茬轮回，一茬茬生长

第四辑　渐远复还生

时年燕子归来，往事已无从说起
云朵上升。水上升。莺燕的喉咙上升
她们邂逅相遇，怀揣满腹的清凉
在何其辽阔上，写下长短句

立春

妹妹一转身，耳朵里就住满了新芽
一朵爱情，战栗田野之心
擦亮天空的眼睛

她用糠麸喂养耕牛，到春地运肥
耙耱保墒。小麦陆续返青，起身，拔节
唢呐疯长于二月的高枝

看妹妹头上，春幡袅袅
她要奔赴万里，领养一朵花做女儿
教她咿呀学语，在青色衣衫上写诗

当写到"等你打开院门，把谷物装进小瓶"
这山谷，这春天
恰到好处

雨水

立于母亲的一亩三分地,看油菜抽薹开花
小麦拔节孕穗。取一枝金黄、一枝翠绿
驱散倒春寒,浇灌白茬地

用写意的笔墨,把美人和诗句压在谷底
梨花带雨地填写清词小令
到《山海经》里,探访桃、李、梅、杏
喊:庭院深深,杏花开了

然后趴上墙头数杏,有两朵。枝头并蒂

惊蛰

埋伏已久的春虫，衔泥的燕子
待一声雷响，纷纷出动
以攻城略地之势，占领泥土、草木
以及整个枝头

母亲张罗着镰刀、锄头和背篓
她要在这天，给猕猴桃绑枝、清园
给茶树追施催芽肥
给桃树、梨树喂花前肥
她要在园子里种下青菜、豆角和向日葵
还有各种花草

闲暇时，她会坐下来
说上午整地，起垄，喷药，施肥
下午就去旱地，点下胡豆、豌豆和黄豆
她还会说，春夏养阳，疏肝和气
然后割掉头茬韭菜
赋予一个久久长长的寓意

春分

一对明亮的犄角，划过村庄的额头
把日子分为两半。此后，白日渐长
美人在枝头，禅定终身
捧出一个温润的词语

时年燕子归来，往事已无从说起
云朵上升。水上升。莺燕的喉咙上升
她们邂逅相遇，怀揣满腹的清凉
在何其辽阔上，写下长短句

彼时，青梅如豆，杏花满枝头
趁着露水未干，拈花去尘，以蜜封坛
余下的，交给时间

清明

父辈的足音，深陷于土
牛羊、炊烟、犁铧，以及翻耕时的吆喝
结伴走入季节深处，在田垄间来去穿梭
钻入禾苗葱绿的身骨，卑微又认真地生长

在春风绿过三遍之后，仍不敢敲响
那扇紧闭的石门。以思念入药，入茶，入酒罐
用沸水熬三遍，直至一颗心
和梨花同时盛开，又默默零落

风景不殊。所有被泪水浸泡的种子都在发芽
不解世道的我，仍有着晋人山河之异的忧伤

谷雨

雨生百谷的时令，让人心生念想
红薯、花生和玉米，将一些沉睡的文字
播种在行行复行行的垄上

浮萍肆意生长，待字于田的稻秧
沾惹潮湿的愁绪。一棵鲜嫩的幼芽
大肆汲取水分，憧憬长成一棵大树

彻夜失眠的人，在听到子规夜啼的时候
双目饱含星光。他要给茶叶杀青，揉捻，烘烤
煎一壶桃花水，慢慢等待
几朵有趣的灵魂开花

立夏

春天就此打烊。一只鸟躲在村庄背后
仔细打量，小麦抽穗灌浆，油菜由青变黄
一种成熟的意象，与万物一同生长

一棵树日渐葱茏，虔诚地迎向阳光
阴影，以及宏大的雨水
悬在头顶的，渺小而巨大的星辰
闪现目光的晶莹

耕耘的人，不忘给黄瓜和豆角浇水
然后闷下一口烈酒，醉倒在漫天星辉里

小满

东南的风是千年小满的定向，黄绿的麦田
含香冉冉。一株扬花灌浆的麦穗
含着一枚锋芒毕露的词语
在父亲多瞅了几眼后，就赶紧
把头低下了几分

大地上，东风已逝，杨花、柳絮不再
在籽粒日渐饱满之后
种子、雨水和耕牛的眼神
写满欲望的青涩与不甘，好比人间希冀
总有一点遗憾留给未来

小满未满，所有事物都有最好的位置
一只蛰伏的蝉，只需一场丰盈的雨水
就能点燃一个热烈的夏天

芒种

面对翻滚的麦浪，村民按捺不住激情
饱含深情地向着大地鞠躬
一把镰刀，让所有的付出都不负等待
昨天还是沉甸甸的麦穗，转眼已颗粒归仓

翠嫩的秧苗，在布谷声声里茁壮成长
村民在水田里弯下腰，脚踩云朵，身在天上
用汗水和露珠，写下清风绿浪
写下一行行绿色的诗章

芒种忙种，可收可种。村民深谙时节的规律
在耕耘的路上，播种希望，收获芬芳

夏至

青枣压弯枝头，梅子早已金黄
嘹亮的蝉声在树间回响，连同日子的光芒
被一轮炙热的太阳拉到最长

风调雨顺的日子。所有植物都在攀爬向上
明天或者后天，紫色的茄子花
碎白的豆角花，小喇叭一样的西红柿花
都会在不经意间，与人笑脸相迎

走在夏的路口，只要一想到
稻花香里的蛙鸣，以及一池莲藕
饮过露水的模样，我的心情
就静如夏夜的星星

小暑

目光里的庄稼，此起彼伏，拔节生长
一株稻谷，紧贴大地温热的掌心
以日渐低垂的姿势，长成粮食

农家的院子里，该熟的都熟了
伸手可及的茄子、辣椒、西红柿
还有清新可人的豇豆，带着毛刺的黄瓜
都冒着热腾腾的气息，与生活齐头并进

直至蟋蟀居宇，所有的风都带着热浪
便沉浮在一盏茶里，等一场雨水
饱满而倾城

大暑

一场突如其来的雷雨
撞开中伏的大门，按下二十四节气最强的音符
以酣畅淋漓之势，涤荡饱食日照的庄稼
类似大悲大喜的相逢

田野上，永远有最葳蕤的生命
在一声高过一声的蝉鸣里
头颅低垂的稻穗，再也无法保持冷静
终于耐不住上蒸下煮的湿热
露出金黄的底色

当腐草化为流萤，一颗躁动不安的心
亟须一把罗扇，静静打捞
不知去向的清风

立秋

八月的雨，把匆匆生长的季节更替
荷叶挨挨挤挤，与昨日无异
只是下面的一些，到底染了秋色

田地里，白菜已经发芽，萝卜正在开花
丝瓜爬上了柚子树，柚子碗口大小
似乎就要成熟。背影里的庄稼
在听到"秋后算账"几个字后
便开始成片倒下

从今日起，忘记那些刺眼的阳光
在日渐清冷的夜色里，用一滴露水的丰盈
把清风一寸寸捻开，织就一段薄凉的光阴

处暑

当第一枚秋叶落下，牵牛的藤和葡萄的香
一起漫过来。沉甸甸的稻谷
对时令毕恭毕敬，谦卑地站在田垄
等待一把锃亮的镰刀

白露在不远处睁着眼，守候着山野变黄
而我，也终将失去这些青枝和绿叶
失去这些蝉鸣和疏影
来来往往的路上，没有人适合倾诉
"果实是最大的惊喜"

黄昏不宜茶饮，一杯清透的白开水
在秋虫的呢喃里，引出星辰
隔着那些往日的，柔软的，宁静的
轻快欢爱的，露水和风
把灵魂的耳朵唤醒

白露

玉露生凉。蒹葭的心事由青变黄
白羽似的荻花,难掩满目苍茫
一只鸟,众多的鸟,就要飞往南方

此时,坐在枝头的,并非全都是果实
被叶子噤声的蝉,开始怀念过往
一滴晶莹的泪,捧出掌心
风一吹,就簌簌地落,一颗一颗地碎

今夕何夕,含苞的桂花不语
目光深邃的人,捂紧胸口寒凉的秋意
一颗潮湿的心,在白露之后
就要凝结成霜

秋分

当太阳走到黄经一百八十度，秋从中分
五谷，终于等来丰收的节气
一把饱蘸汗水的镰刀，伴随喧天的锣鼓
激情地拉开农民丰收节的序幕

虔诚的人，把庭院打扫干净
在浩荡的秋色里，开镰，品米，吃稻花鱼
高粱红，稻谷黄，一半已经入仓
一半还搁在月光下的田野

冬麦的种子，在日渐寒凉的路上
焦灼地呼喊属于它的远方
高大的柿子树上，挂满红彤彤的柿子
绕不过去的炊烟，一口咽下恼人的秋风
将漫山的野菊花唤醒

寒露

当秋风送走最后一声蝉鸣

河流开始空旷。酿满酒香的桂花

紧紧抱住一朵菊花的影子

把人间冷暖推向季节深处

我们所经历的悲欢离合

已全部兑现成时间。在田野之上

一些命里的疼痛依然存在

渴望的双眼，卑微又倔强

昼短夜长的日子里，那些留恋枝头

不愿离去的叶子，终会有一天

像蝴蝶一样脱胎换骨，随风飘舞

霜降

在这最后的秋天，万物删繁就简
一颗柔软的草木之心，眼看着
阳光变老，流水变薄
两鬓霜白的苍生，用十万稻茬的伤口
对峙纵横田野的秋风

"请多爱我一些，好吗"
枝头坠落的枯叶，埋首尘埃的衰草
这些曾经鲜活的生命
在季节的篇章里，不胜薄凉
被一粒霜花带过

这霜打的茄子，这萝卜，这白菜
却是腌制咸菜的好料
母亲将坛子清洗干净，让他们
同盐、生姜和花椒一起，睡在坛子里
等他们睡醒时，漫长而寂寥的冬天
就会活色生香起来

立冬

远方的雪花，蹲在北风的角落
凝望思乡的雁群，像岁月
行走在风雨兼程的路上

那个给麦田浇水、追肥和松土的人
已经出发。他在等一场雪，覆盖山川、河流
等背负着雪花的麦苗，在皑皑雪野里
若隐若现……

他看见，辽阔的田野里，红薯、土豆
这些回归朴素的事物
如草木般谦卑，学会致敬远方

"该发生的都已发生"
"万物有欲言又止的悲伤"

小雪

这个冬天，我依然在等你
等你一起温酒煮茶，一起看北风
手握霜刀，在承载岁月的琴箱上
精心雕琢出一颗冰清玉洁的心

你应约而来，落在人间
落在这万里江山，宛若多情的梨花
在我翻阅书简的刹那，落上我的眉梢
一瓣是辽阔，一瓣是远方

当山野抱紧草木，鸟雀抱紧飞羽
你说姐姐，北风渐紧，夜越来越漫长
我们要赶紧冬灌小麦，灌后松土，还有
开仓放窖，把粮食和蔬菜藏进去

我是围炉取火之人，在接近零度的温度里
不忍心说出，"原谅我只能暂时抱紧你"
当你化入一个看雪人的掌心
我就趁着夜色，窖下孤独

大雪

大雪终将莅临，终将覆盖
故乡的每一寸泥土，在这无限折叠的人生
悄无声息，将过往洗涤

大雪就要来了，母亲的麦苗
亟须一床棉被取暖。而我
也迫不及待地，要用一大片白
把寂寞与空旷归还群山

雪落无声。小雀的翅膀微微一振
溅起朵朵雪花，又轻轻落下
如棋子，在天地间对弈
从无到有，从虚无到盛开
无法让自己停下来

"我看见死亡而哀痛如从虚无中一再重生"

冬至

一切都是最自然的到来。空旷的日子
蹒跚地走出十二月的暗流
向远方交出风雪、马匹，以及
所有漂泊的思绪

在最深最长的夜里，雪花不问生死
一朵凋零在另一朵身上，被刺痛的北风
最懂岁尾的深意，给收割殆尽的田野
覆上雪白的冰凌，弹奏出
冗长的时光之鸣

余生已不长，归人还在路上
一颗苍茫的心，失却生机，复又生长
让掰着指头数九的人，每遇故人
就开始，悲欣交集

小寒

寒从天上来。在一年中最冷的日子
我们选择彼此静默，不在围炉取暖时
说起荒芜

行走在故乡的风口，我看见
集体禁言的鸟儿，嗅到一朵蜡梅的芳心
它们成群地俯冲下来
又嗖的一声，四散开去

"远去的还会走近，等待的并不漫长"
人生从来不是一座孤岛
一点昏黄的灯火，就能剥开一个人坚硬的外壳

大寒

时令在四季更迭里辗转
转眼就走到了岁末的最后一个节气
漂泊的游子，从不畏惧风雪的肆虐
终于跋涉千里，回到村庄的腹地

大寒也不过如此，所有封冻的事物
都能成为取暖的器物。一家人
围炉夜话，细数往事，然后炖煮
一个寒气叠加的夜晚

物极必反。翻过大寒，就是立春了
一株初醒的兰，按捺不住心中的悸动
缓缓抬起它青色的头颅

跋

站在新时代乡村大地上

　　新时代的乡村大地，已经发生翻天覆地的变化，刷新了数千年农耕文明的乡村形象。精准扶贫、乡村振兴等一系列战略的实施，让乡村逐步跟上了现代化的步伐。作为一名农业农村工作者，我一直关注时代巨变中的乡村大地，积极投身新时代乡村题材的创作实践，并试图用乡村书写的诗性风格传递出美丽乡村蕴含的时代精神。

　　在美丽乡村建设过程中，我记不清多少次往返于城市和乡村之间，多少次穿行于乡村的纵横阡陌，我经历、见证了乡村的深刻变化，而这片土地上的乡亲们，他们生活的转变，他们执着的坚守，他们殷切的期盼，都令我不吐不快。作为生命个体，我感到很自豪，也十分珍视这个伟大时代赋予我的生命体验。

　　新时代乡村大地风起云涌，山河浩荡。但无论乡村物质如何丰富，社会怎样发展，都离不开文化与历史的积淀。乡村文明是中华民族文明史的主体，村庄是这种文明的载体。我们应该以慎重的态度、深切的情感去面对和理解乡村的赓续发展。于是，我在《大地书》第四辑"渐远复还生"中，试图通过描述二十四节气，表达效法自然、见微知著、顺时应变、天人合一的民族文化精神，探寻其内在的发展动力，寻找与发现乡村之美。

"看得见山，望得见水，记得住乡愁。"这是城里人和村里人共同的生活愿景，也是城镇化的目标。对于望乡的人来说，乡村更多的是一种精神寄托，乡愁不仅仅是对某时、某地、某人的怀念，而是对文化地理的眷恋，对历史传承的牵挂。习近平总书记在文艺工作座谈会上的讲话说得极为透彻："艺术可以放飞想象的翅膀，但一定要脚踩坚实的大地。"新时代的广阔乡村，就是诗歌无法也不能离开的大地。

　　我写乡村题材的诗歌，是一种让自己回归的过程，具有本原的意义与自足的价值。《大地书》的结集出版，是继《月吟千江》出版后，近几年创作的一次集中体现，呈现一种回归传统、回归自我内心的视角审视历史与文化的创作实践。将来，我还会写故乡，写乡村，那里有很多不同形式的美，会一直指引我做回自我，找到归属。

　　总之，我愿意站在新时代的乡村大地上，深入体验、观察新时代乡村大地上的人和事，充分发挥文学的濡染、浸润和引领作用，认真书写乡村大地的故事，审视、提炼和升华乡村的文化精神、文化气度。希望自己是美的发现者和表现者。

141

唐丽娟

2021年1月

清气满池塘　唐 昭娟　绢本